Recueil

Tous Azimuts

Alain Salvary

Recueil

Tous Azimuts

(Pensées, vécu, observations, autopsies…)

Mentions légales

© Alain Salvary 2025

Édition : BoD · Books on Demand,
31 avenue Saint-Rémy, 57600 Forbach,
bod@bod.fr
Impression : Libri Plureos GmbH,
Friedensallee 273, 22763 Hamburg
(Allemagne)

ISBN : 978-2-8106-2994-7

Dépôt légal : février 2025

Travail éditorial :
agence éditoriale Empreinte
empreinte.click

Illustrations : Anne France Packa Ebenye

Table des matières

La vie… *7*

Amis/Famille… *8*

Anne France, belle âme… *10*

Le mal de tous les maux *12*

Des enfants sans bornes… *13*

Égalité… *16*

Ensemble… *18*

Évocation… *21*

Expérience… *24*

Comprendre… *26*

Fertilité… *28*

Filles/Garçons… *30*

L'honnêteté… *31*

Évasion… *34*

Insoluble… *36*

Jeunes laissés pour compte *37*

L'accroc… *40*

1989 .... *48*

L'Aventure c'est l'aventure… *48*

Partage	*55*
La « vache à lait »	*58*
Las…	*61*
Leçon de vie…	*62*
Le Père… bonjour,	*65*
Méditation	*70*
« Mémoriste »	*72*
Mon beau pays	*76*
Motivation	*77*
La routine	*78*
Quel beau métier !	*81*
Rien ne change	*83*
Se prendre en main	*86*
« Repeuplons la France rurale » !	*88*
Vie/Fiction… Fiction/Vie	*90*
Tuerie par idéologies et egos	*92*
Vote	*97*
Écrire…	*100*
Remerciements	*101*

La vie…

La vie n'est aucunement une maladie,
Ni une tragédie,
Simplement la partition d'une mélodie.

Votre Préposé

Amis/Famille…

Nous avons des amis,

Nous avons une famille,

Puis un jour, des amis vous content que vous faites partie de leur famille.

Wahou…

La confusion dans la tête vous gagne, votre gorge se noue, vos yeux s'écarquillent d'étonnement. Vous contrôlez vos émotions pour ne pas verser une larme. Cela fait chaud au cœur, peu importe l'âge de vos artères, à plus de 70 ans.

Eux ont accepté, m'ont accepté tel que je suis, malgré nos différences. Bien évidemment, la famille de substitution ne remplace aucunement la famille d'origine.
Elle comble des vides.

Depuis 30 ans, nous fonctionnons sans règle ni code explicite. Cette affiliation affective s'est échafaudée au fil du temps, contre nous-mêmes, et de façon naturelle. Quelques cases morales nous rassemblent, comme l'humilité, la simplicité, la tolérance ou l'enthousiasme d'explorer…

Nous nous voyons rarement en raison de nos engagements de vie, de notre différence d'âge, et de notre éloignement géographique, mais peu importe, cela n'a aucune incidence relationnelle.
L'amitié demeure.

Un signe, et je suis présent…

La famille que l'on construit au hasard d'un itinéraire apporte la satisfaction d'exister, d'asseoir une identité. Ce pour quoi chaque être est en recherche.

Je suis chanceux d'avoir pris leur wagon, surtout leur compartiment où l'humanité avait un sens, sans dépendance.

Salutations au Grand-Duché,

Votre Préposé

Anne France, belle âme…

Une nation résulte avant tout de l'héritage d'aïeuls dont les citoyens se sentent appartenir à la même communauté. Une communauté dont les intérêts peuvent diverger, certes, cependant que des idées partagées rassemblent pour harmoniser le vivre ensemble du présent et amorcer celui du demain.
Passé, présent, prolongement, sont indissociables pour concilier une conscience morale citoyenne, où l'homme se sentirait libre, peu importe sa couleur, sa race et son langage pour s'épanouir comme bon lui semble, dans un cadre respectueux des droits individuels tout en garantissant une cohésion sociale pour tous, où le peuple serait souverain !

Je sais…
Je sais, ce ne sont que des mots chimériques, dans ce nouveau monde où jalousie, individualisme, violence, insécurité, racolage, manipulation règnent en maîtres.

Cela m'a fait du bien de « rédactionner » sur une question qu'une belle âme m'a posée, et de la partager.

Réel plaisir qui n'engage que moi,
Voilà où mène un échange amical, à penser, à raisonner…
Eh oui, Anne…

                                                    Votre Préposé

Le mal de tous les maux

Les sentiments, le mal de tous les maux,

Peu importe, que l'on soit riche, bobo, pauvre, intellectuel(le) ou sans cerveau.

Chacun vagabonde,
matin, midi et soir, dans l'espoir de croiser sa providence,

Celle qui bouleverse vos sens, votre morale et votre conscience.

Ces sentiments qui à tout instant peuvent tournebouler vos neurones,

À ne plus contrôler vos faits et gestes les plus félons.

Ils ne se domptent aucunement, les sentiments, ils vous surprennent sans mobile,

Vous ferrent, vous scotchent avec une charge magnétique indélébile.

Ils sont vos maléfiques et vos bienveillants,

Raisons essentielles ou non ! Pour un écho éveillant.

Votre Préposé

Des enfants sans bornes…

« La famille est le noyau de la civilisation. »

Will Durant

En 2004, j'ébauchais une charte sur mon cocon familial de l'époque pour mon « P'tit Drôle », bout de chou adopté, dans l'objectif d'une filialité avec un repère familial.

2022, je me remémore l'évolution éducative parentale. À la maison, il y avait la « Mère » présente en toutes circonstances. Puis, est venu le temps où mes parents ont quitté le village, sont descendus à la ville, ont emménagé cité des Bougimonts, aux Mureaux. Appartement mis à disposition pour loger une main-d'œuvre de l'usine Renault Flins. J'avais 7 ou 8 ans, le « Père » deux boulots, la « Mère » aux 3x8.
Avec mes frères, un changement radical d'environnement au sens large nous ouvrait les bras.

Voilà comment des enfants s'émancipent, avec des repères très éloignés des traditionnels soutien et protection familiale.

1968, comment ai-je pu être aussi dindon de la farce ? De leur face, aux idéologues nantis, « révolutionnaires » en carton, manipulateurs, usurpateurs, profiteurs du système, aux slogans racoleurs comme « liberté tout permis », « un salaire, une liberté » !

Aujourd'hui, je peux leur dire, que je n'ai jamais, je dis bien jamais, vu la « Mère » revenir de sa journée sur la chaîne épanouie, malgré sa rémunération à la fin du mois. Une chose est certaine, tous ces bonimenteurs ont laissé pour compte sur les trottoirs des enfants sans bornes.

Toutes ces décennies du n'importe quoi éducatif ont apporté le malaise de la civilisation et la crise de la civilisation. On ne reviendra plus en arrière. Il faudra trouver une passerelle, voire plusieurs, pour donner des références nouvelles aux enfants. De nos jours, la famille est bousculée par des enfants qui offensent et maltraitent leurs parents, tous niveaux socioculturels et économiques confondus. Le mal est fait. Il faut accepter que la famille traditionnelle disparaisse.

Pour des enjeux clientélistes électoraux, ces idéologistes de minorités influentes ont mis à mal notre système sociétal. Ce n'est pas demain que le pays va s'en relever. Ainsi va la société moderne, les jeunes s'adapteront à l'héritage des aînés.

Les enfants n'appartiennent à personne, mais à ma connaissance, ils n'ont pas programmé leur présence sur la planète Terre. Aussi, à nous adultes de les accueillir comme il se doit, avec tendresse, égards, obligeance... Logiquement, l'école républicaine leur fournira les outils et les connaissances. Le « recyclage » de la cellule familiale fera ce qu'il peut pour offrir amour, protection, repères, et transmettre, comme nos aînés nous les ont transmises, des valeurs de courage, d'honnêteté et le respect d'autrui.

Finie la famille, finis les repères intergénérationnels et sexuels, l'évolution moderne trace son chemin.

La famille nouvelle génération est présente, avec ses codes et ses mécontentements, en attendant la prochaine.

Votre Préposé

Égalité…

Certains mouvements depuis des décennies prônent l'égalité de genre dans un monde où l'égalité n'existe aucunement, alors à quoi riment toutes ces élucubrations extrémistes ? Aujourd'hui, ils en arrivent même à l'écriture inclusive quand j'ai du mal à aligner deux mots en français.

Wahou, où allons-nous !

La devise « Liberté, Égalité, Fraternité » de notre chère République, que nous pouvons observer partout, même au plus profond de nos petits villages ruraux, et au nom de laquelle notre justice, nos politiques, nos médias et consorts claironnent leur faire-valoir sur tous les toits de France et de Navarre, a-t-elle un sens ?

Nos autoproclamées élites, que je surnomme « Mémoristes », n'arrêtent pas de discourir sur la liberté, l'égalité et la fraternité pour faire joli dans leurs causeries bonimenteuses électorales, auprès des « laboratores » (en Europe, dans la société médiévale représentant les travailleurs), en majorité absentéistes des urnes.

Pour Tocqueville, la première caractéristique qui définit une société démocratique, c'est l'égalité des conditions.
J'ai le droit de m'interroger sur la signification de cette phrase.

Ne serait-il pas plus simple d'accepter une bonne fois pour toutes que l'égalité n'est qu'un leurre, galvaudée par des prestidigitateurs de mots qui ne désirent que pouvoir et cryptomonnaie ? Il n'y a pas d'égalité à la naissance, pas de honte à cela, à nous de l'accepter et de faire avec nos aptitudes et nos travers, notre chemin.

1789 n'a rien changé. Prenons conscience que l'égalité des chances n'est pas d'accéder à une grande école pour laquelle on n'a pas le niveau.

Cela dit, pourquoi ne pas supprimer « Égalité » de notre devise, et la remplacer par « Privilèges », seulement !

« LIBERTÉ – PRIVILÈGES – FRATERNITÉ »

Votre Préposé

Ensemble...

Prisonniers de guerre « ensemble », évadés d'un camp « ensemble ».

La solitude m'apporte des souvenirs, surtout quand j'ai le sentiment que mon avancée dans l'âge se profile vers la planète « Étoile ».

Ma pensée, je dis bien ma pensée, car ma compréhension de l'être humain demeure, ceux qui me lisent par mégarde le savent, dans son impénétrabilité, et ma méconnaissance complète sur ce sujet, point d'ancrage depuis des décades de mes principaux questionnements personnels.

1985, c'était hier pour moi, me voilà dans un bureau d'une petite banque privée, rue Rougemont, Paris 9e, avec un de mes patrons. En face de nous, trois personnes de cet institut financier, dont l'un en est le grand patron.
Banque de la PME dans laquelle j'occupe la fonction de cadre administratif et financier, c'est la raison de ma présence à cette réunion.
Petite société de 48 salariés au bord de la faillite.
Le tribunal de commerce vient de nous mettre sous tutelle d'un administrateur, qui lui-même a eu la grande astuce de passer par l'affacturage en première décision.
Vous savez, ces organismes qui rachètent vos factures soi-

disant pour permettre une trésorerie immédiate, et de réduire les retards des règlements clients.
Foutaise, foutaise tout cela, simplement un gouffre financier, l'administrateur se goinfre, l'affacturage se goinfre, et ne prend que les factures de clients solvables.
La PME, d'avarie en avarie, sombre à petit feu.

Le grand patron de la banque et mon patron se connaissent, ont des souvenirs communs, une certitude, et pas n'importe lesquels : prisonniers de guerre ensemble, évadés ensemble, rien que cela.

Lors de notre venue, nous souhaitions seulement un prêt pour soulager la société des honoraires de l'administrateur nommé, et des frais énormes d'affacturage.
Pendant les trois heures de réunion, aucune chaleur humaine entre les deux compagnons de circonstance. Respectueux, certes ils sont, mais les affaires demeurent les affaires.
Incroyable comportement humain.

Mon patron obtient un petit quelque chose, mais avec comme garantie son appartement, seul bien qu'il possède à son âge très avancé.
Son labeur en braise s'épuise.

Des décennies plus tard, le compagnon de cordée de mon patron le renverra dans un camp, certes pas à l'identique, mais dans un camp où le couperet sera perpétuellement au-dessus de sa tête.

À l'époque je pense football, je vis football, je me déplace football, je lis football, je suis dans ma bulle football. Ma pensée à méditation me viendra bien plus tard, et cette réunion que je qualifie d'inhumaine aujourd'hui, me revient en pleine face.

Depuis, je cherche à comprendre cette attitude de retenue entre deux êtres humains qui ont vécu ensemble au moins deux situations dantesques, qui pour moi auraient dû sceller entre eux une familiarité à tout jamais sans fissure. Le serment solennel : « Croix de bois, croix de fer, si je mens je vais en Enfer » en serait l'incarnation.

Cette expérience de vie m'a imprimé, et m'imprime toujours. Il est pour moi inconcevable qu'un lien très, très, très fort n'ait pu se créer entre eux. Ce qu'ils ont vécu ensemble est de l'ordre du hors norme, avec tout ce que cela peut fusionner : courage, force morale et physique, imagination, entraide, complicité.

On ne peut pas sortir de tels évènements sans qu'une filiation entre les protagonistes naisse.

Vous allez me dire, et dans les divorces, comment se volatilisent les complicités des nombreuses années de vie commune entre deux êtres ?

Ah l'être humain…

Votre Préposé

Évocation…

Déjà 74 ans que mon œil de lynx scrute cette société que l'on m'a offerte, que l'on m'offre. Mon rétroviseur en bonne place en support pour les souvenirs, sans m'y attarder surtout, sinon pour quelques « piqures » de rappel nécessaires, entendu que ma route se poursuit.

Mon exploration sociétale aux chemins confondus par mes expériences cumulées, j'avoue des plus composites, m'autorise à jeter cette synthèse du jour. Synthèse sur quelques sentiments propres de ce parcours de vie, ni mieux ni moins bien qu'un autre, que je souhaite partager. Il se résume en quelques mots : « Rien ne sert de se battre contre un système où les dés sont pipés d'avance, il faut l'apprivoiser et l'utiliser, silencieusement ». Les révolutions, les cortèges dans les rues, les guerres ne changent rien. Une couche sociale, toujours la même, décide et tire la même ficelle, celle qui illusionne 90 % de la population (voir le film les *Illusions Perdues* de Xavier Giannoli et *Annette* de Leos Carax).

En rembobinant la pellicule, j'observe que c'est un « Empereur » qui a promulgué en 1804 le Code civil, avec comme apologie : c'est pour l'équilibre de la société et votre bien-être, Mesdames et Messieurs les « laboratores ». Naïvement et connement, comment ai-je pu imaginer un seul instant que cet empereur, aux bonnes intentions certainement, a

pu s'oublier, lui et les siens, dans la mise en place des complaisances ?
Aujourd'hui, la même couche sociale vote les lois, dépose des propositions, signe des motions de censure, des pétitions, des amendements… sans s'abandonner.
C'est humain !

Une femme de 74 ans est condamnée, mais au cours de sa détention on l'hospitalise pour tentative de suicide. Elle se retrouve en toute impunité en convalescence dans son confortable domicile, à la campagne. Elle a volé l'État, c'est-à-dire nous, donc elle est dangereuse pour la société, peu importe l'âge de ses artères.
Une autre personne se présente aux élections présidentielles, elle s'endette de plus de 5 millions d'euros. Elle pleure. Un appel aux dons publics ou vers d'autres, et vlan, plus endettée du tout ! La magie de l'enchanteur salvateur a gommé sa banqueroute.

Pendant ce temps, on nous parle d'égalité des chances pour tous, cette égalité qui doit s'opérer dès la primaire. Sans se pencher très sérieusement sur cette thématique majeure, au même titre que le pouvoir d'achat et la sécurité, rien ne pourra changer dans notre société, aussi bien sur le fond que sur la forme. Ce n'est plus l'heure de chercher des responsables à cette jeunesse sans repère et dépourvue de projection du lendemain, tant le constat de son délabrement est flagrant.

Nos politiques s'intéressent plus à leurs élections, réélections, image médiatique… qu'à l'enfance. Leurs stratégies se focalisent pour la plupart vers une démarche clientéliste pour leur postériorité.

Je suis convaincu que chaque enfant a des prédispositions, mais également, bien évidemment, des inaptitudes. Au système de les déceler pour exploiter leurs talents, et surmonter leurs faiblesses. Cette école laïque doit être reconsidérée. Elle ne peut pas être réorganisée avec des personnes qui monopolisent le pouvoir depuis des siècles et des siècles sans chambardement notable. Cette bascule se fera avec cette enfance d'aujourd'hui, pour demain. Donnons-leur la possibilité de bouger les lignes ! Certes, c'est un programme à long terme sur 20 à 30 ans qui nécessite une politique volontaire, agissante, humaine et courageuse.
Une telle ambition ne peut être menée à bien sans une synergie étroite entre politiques, enseignants et parents.

Ne me parlez pas de moyens financiers dans un pays dont la dette publique s'évalue à plus de 3 000 milliards d'euros. Nous ne sommes plus à quelques milliards près, pour que cette enfance devienne un jour des « laboratores citoyens » responsables, entreprenants et respectueux d'autrui, tout en s'épanouissant.

Votre Préposé

Expérience…

L'expérience éveille l'irremplaçable, et l'indétrônable
Squelette de votre construction philosophique, morale,
Et spirituelle personnelle.
Elle est unique, en ce sens qu'il en découle des émotions, des ressentis et des sentiments.
Ces émotions, ces ressentis, ces sentiments
Ne sont propres qu'à vous,
À vous seuls.
Personne ne peut se mettre dans votre tête.

Ne lui fermez pas la serrure à double tour,
Ce n'est pas un monstre,
Simplement un passage qui me semble inévitable.

Les expériences ne sont ni bonnes ni mauvaises,
Ne portent qu'un nom,
Expérience,
Synonyme de grandir, d'évoluer, mais pas de changer.

Elle procure des repères sur ce que l'on veut,
Sur ce que nous ne voulons pas.
Nous laisse transparaître nos forces, nos faiblesses,
Nos doutes, notre confiance,
Nos craintes, notre détermination.

Les parents éduquent,
Les enseignants transmettent des connaissances,
L'expérience oriente, guide votre présent et futur.

Votre perte de l'innocence,
Votre révolte contre l'emprise,
Les paradoxes de la vie, avec ses joies et ses douleurs,
La découverte de la complexité de l'être humain...
Ce sont vos expériences qui vous émancipent.

Vos expériences personnelles,
Très bonne école de vie,
Mais aucunement ne nous privent d'échanger sur le sujet.

Votre Préposé

Comprendre...

Je me suis lassé de comprendre.
De comprendre que je comprenais, pas tout, certes, mais l'essentiel sociétal.
Il m'a fallu du temps pour comprendre que j'étais capable de comprendre.
Cette compréhension enfouie au fond de moi m'est apparue à la surface d'une main tendue, pas gratuite bien évidemment.

Mon bon sens, mes ressentis, savaient eux que je comprenais, mais la crainte de l'exprimer paralysait mon expression.
Ils m'ont boosté à saisir l'opportunité du faire de ma compréhension.
Le faire-savoir n'est toujours pas ma tasse de thé, mais aucun mal être ne vient perturber mon neurone.
Le « Père » ne savait pas le faire-savoir, mais quelle merveille ses parterres de fleurs que tous les voisins et badauds lui enviaient quand ils passaient devant la maison, sauf pour la « Mère » qui avait toujours à redire.
Tout le monde a un savoir-faire.

Comprendre n'est pas un vain verbe, car nous n'avons pas tous les mêmes émotions, les mêmes ressentis, les mêmes sentiments au sujet d'une lecture, d'un film, d'un texte narratif, d'un énoncé, d'un évènement, et que sais-je encore.

Tardivement, tout cela est venu.
Pas à 17 ans quand le monde vous ouvre les bras, mais à 32 ans bien sonnés où les rêves s'effilochent.
Ma confiance a pris forme avec ma capacité de dévoiler ma compréhension par un avéré savoir-faire.
Aujourd'hui, j'ai toujours cette lacune expressive en public.
Je sais.
Elle ne m'empêche pas de vivre.

Mais au-delà de comprendre,
Je demeure avec mes ressentis et mon bon sens, qui eux n'ont pas d'argumentaire pour autrui, ni de maux qui me prennent la tête, mais néanmoins autorisent ma curiosité à poursuivre son petit bout de chemin,
En aîné qui a toujours soif de découvrir, d'apprendre, de comprendre.

En dernier ressort, je laisse toujours le brin de folie de mes ressentis, et de mon bon sens, m'éclairer.

Votre Préposé

Fertilité…

Le confort m'insupporte,
L'inconnu m'apporte cette adrénaline
Qui vous transporte
Vers l'accessible, vers l'imaginable,
En deux pas, deux mouvements.

Vous passez de comptable deuxième échelon à shampouineur,
Des Mureaux à Saint-Cyr,
Pas l'École bien sûr, mais sur Mer et avec ses « Sitos »
(surnom de notre clique environnante).
De la quête d'une signature internationale maraudée,
À la quête de riz dans les écoles en faveur de démunis somaliens.
Ainsi va la vie, va ma vie, que certains appellent « errance »,
Moi, je la prénomme humblement « fertilité ».

De me challenger à « rédactionner » deux livres, pas littéraires
je vous l'accorde, loin de là était mon aspiration,
Mais avec dépôt légal tout de même,
L'insertion de photos sur journal en ligne,
Pour illustrer des nouvelles.

Cela aussi je l'ai fait,
Eh oui !
Merveilleux ce fut.

Merveille dans sa mise en place,
Merveille dans sa réalisation, gâté par conflit,
Aux troubles d'un Iliouchine en Karabagh.

On ne s'imagine pas le nombre de parois « massurées ».
Elles sont diverses et variées,
Toutes avec un point commun,
M'éclairer sur l'extérieur.

Le confidentiel ne couche pas,
Ne se partage pas en public.
Il demeure de l'ordre du ressenti, de l'émotionnel,
En un mot confidentiel.

L'être peut, une certitude.

Votre Serviteur

Filles/Garçons...

Mon oreille traîne,
Ma curiosité s'éveille.

Les époques défilent,
voire se volatilisent.

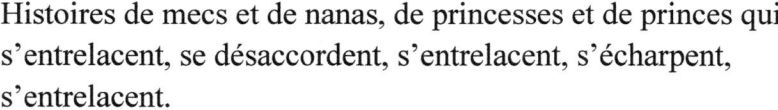

Les sujets du bac changent,
Le sujet des ados aux terrasses des cafés ne change pas.
Histoires de mecs et de nanas, de princesses et de princes qui s'entrelacent, se désaccordent, s'entrelacent, s'écharpent, s'entrelacent.

Les filles embêtent les garçons,
Les garçons embêtent les filles.
De tout temps c'est ainsi, ils se cherchent,
Ils se trouvent,
Cassent la vaisselle, se détestent, se rabibochent sur douceur de polochons.

L'un sans l'autre ne peut se passer, de l'autre.

Votre Préposé

L'honnêteté…

Mes parents m'ont appris au cours de ma petite enfance, avec mes frères, l'honnêteté sociale selon leurs valeurs, à leur manière bien entendu. Ils le faisaient tout naturellement, sans se poser de questions existentielles. Il nous suffisait de les observer dans leurs tâches quotidiennes, où courage, volonté, travail, propreté, respect d'autrui et s'acquitter de ses impôts sans retard étaient leur normalité. Pas de livre, pas de blablas, ainsi l'éducation chez nous se reflétait.

L'honnêteté est une valeur morale avec des règles, malaisée à définir, car très complexe.

Qu'est-ce que l'honnêteté entre deux personnes en couple, pacsées ou mariées ?

À mon âge, je m'autorise à lancer une piste, mais ne vous y trompez pas, je suis toujours dans le doute de la bonne formule sur le sujet.

Toutefois, ne serait-ce pas tout bonnement le fait d'afficher votre authenticité et d'être vous-même, peu importe le cadre où vous vous trouvez ?

Mon honnêteté, c'est d'assumer mes travers avec plus ou moins de bonne fortune, mais également que la personne qui partage mes moments de vie puisse s'appuyer sur moi, autant pour les réjouissances que pour les turbulences.

Doit-on tout dévoiler ? C'est la grande question ontologique.

Certes, la corrélation entre l'honnêteté et la vérité dévoile de grandes subtilités. Il faudrait plusieurs tomes pour en parfaire les artifices. Pas le jour, encore que, nous pouvons transposer ce mot « honnêteté » vers un des socles de la morale de notre vie ordinaire.

Il n'y a pas si longtemps, une personne prise par la patrouille, dont l'« honnêteté » a été mise à rude épreuve sur dénonciation, a reçu des obsèques presque nationales. Politiques, médias, personnalités, badauds se bousculaient au portillon du « culte ».

Un « honnête » citoyen, celui par lequel le scandale a vu le jour, a été rejeté, même par ses pairs.

Le frauduleux attire la sympathie voire l'admiration, tandis que le besogneux sincère, scrupuleux, est traité de « Judas », bon à pendre.

Les valeurs de l'olympisme se résument au nombre de 3, « l'excellence, l'amitié et le respect ».
L'honnêteté ne semble pas être une tendance essentielle.

Être « honnête » peut avoir des conséquences négatives.

Aujourd'hui, je « reproche » à la « Mère » et au « Père » qui ne sont plus de ce monde de m'avoir inculqué leurs valeurs citoyennes, venant tout droit de leur bon sens.

Votre Préposé

Évasion…

Je traîne, je flâne,
J'erre à me perdre,
De paysage en paysage.
Ce que Dame Nature m'offre,
Au bon vouloir de mon escapade du jour,
Peu importe,
Qu'il pleuve, qu'il vente, qu'il fasse soleil.
Chapeau sur la tête, imperméable local sur mes épaules, me protègent
Tandis que
Avion, bateau, bicyclette, bus, guibolles, train, van, au choix de l'instant, me véhiculent.

Me véhiculent vers ma curiosité du moment présent,
Pour apprendre en silence, sans comprendre, tout en comprenant
Qu'il faut embrasser
Ce que nous alloue « Bonaventure »,
Bien entendu la Fée.

Mes yeux s'écarquillent, s'émerveillent,
Ma pause en solitude face à la mer m'évade
Vers cet horizon lointain ou pas,
Pour une pause « esprit »,

Le temps du temps qui n'a pas de temps
Sinon celui que j'accorde à mon temps.

Je règle, je cadre, me fige,
Déclenche l'instantané,
D'un cliché singulier,
Plaisir que je m'offre.

Observe, profite, et vole sans paroles.

Votre Préposé

Insoluble…

Nos vies s'expriment à l'ombre d'idéologies de femmes et d'hommes sur les pensées desquels nous n'avons aucune influence.
Non pas que nous ne voulons pas échanger avec eux, mais nos chemins ne se croisent jamais, pour la bonne raison qu'ils sont parallèles, avec des complexités divergentes.
Dommage, mais cela nous laisse comprendre nos incompréhensions, ou nos entendements.
Nous, nos préoccupations premières s'alignent sur des interrogations basiques : comment manger, se loger, se vêtir ou faire s'épanouir nos bouts de chou.

Eux, leurs agitations ne sont que cérébrales, souvent chimériques, ils ambitionnent dans leur « dialecte » nos désagréments journaliers, dont ils ignorent la teneur.

Il est sûr que cette adéquation est insoluble, car tant que la couche de pensée n'a pas les tenants et les aboutissants de tout l'énoncé de nos problèmes, avec ses subtilités bien évidemment, comment peuvent-ils y réfléchir, puis la résoudre ?

Le souhaitent-ils ?

J'ai ma réponse, mais la cloître en raison des venimeux !

Votre Préposé

Jeunes laissés pour compte

Depuis plusieurs jours, la presse dans sa globalité se focalise – il y a de quoi – sur les quartiers de non-droit où règne en maître une jeunesse laissée pour compte depuis des décennies. Trafics, checkpoints, guetteurs, sentinelles, dealers, avec leurs codes, sont légion jour et nuit dans ces zones. Une organisation économique parallèle, pyramidale, bien huilée, gère ces territoires conquis au fil des ans, où les services de sécurité, les pompiers, voire les médecins, n'ont plus l'autorisation d'y pénétrer. Les étrangers au quartier montrent « patte blanche » – origine fable de La Fontaine, *Le Loup, La Chèvre et le Chevreau* – pour y fouler le sol, leur sol. Les habitants quant à eux sont pris en otage, sinon où peuvent-ils aller trouver un autre toit ?

Les gouvernements successifs ont laissé gangréner ce fléau sociétal, faisant l'autruche, demeurant dans le silence ou dans la communication du politiquement correct, au lieu d'être dans l'action. Le laisser faire a amené une prise d'occupation de l'espace, sans consentement ni consensus, comme si cela revenait de droit à ces jeunes, Covid ou pas.

Aujourd'hui c'est un fait, ils sont chez eux et le disent en images floutées et voix arrangées devant les caméras. Quelle légèreté de la part de nos dirigeants successifs qui les ont abandonnés à eux-mêmes, en omettant un petit détail qui n'est pas des moindres, qu'ils pouvaient se structurer et s'organiser avec le temps, comme n'importe quelle communauté. Aujourd'hui c'est une entreprise économique « détaxée », puissante, régissant des millions d'euros sans un haut fonctionnaire parachuté à leur tête.

J'entends cette presse nous conter que cette jeunesse est avant tout attirée par l'argent facile, aussi je m'interroge. Cette même presse passant son temps à donner des tribunes à des personnes dont le montant des comptes en banques se compte avec au minimum 7 chiffres, sans qu'elles suent pour autant des heures au labeur.

Bizarre, les « laboratores » n'ont pas de tribune !

Les fameux trois piliers indissociables avec le bien-être sociétal selon certaines tendances, « argent, pouvoir et sexe », qui procurent tant de rêves chez certains, attirent la curiosité des laissés pour compte. Cependant, on ne peut faire rêver perpétuellement cette jeunesse sans qu'elle ait des convoitises légitimes. Si comme moi l'un d'entre eux lit le livre de Camille Kouchner qui relate qu'en politique on gagne de l'argent, il se questionnera sur le sens de cette formule en rien anodine : « Gagner de l'argent » ! Lorsque cette jeunesse observe que le déroulement de certains procès, qui font la une de nos informations, s'éternise sur 5 ans, 10 ans voire pour certains 30 ans avec parfois comme verdict final un non-lieu, que pensent-ils de la justice ?

L'exemplarité vient d'en haut.

Cette jeunesse bafouant l'état de droit, et punissable selon le Code civil, a-t-elle tous les torts ? La faute à qui si elle en est arrivée là ?

La France affaiblie par ces cinquante ans de désordre idéologique que nous venons de traverser, enrichissant les uns, appauvrissant les autres, sans penser au futur des plus jeunes, ne s'en remettra pas avec un coup de baguette magique. Merci les autoproclamées « élites » des années soixante-huitardes. Il faudra une réelle volonté politique aujourd'hui, aux idées nouvelles, avec des femmes et des hommes forts, qui ont la volonté de mettre en place un programme pragmatique aux orientations ambitieuses, pour relever notre pays et rendre espoir aux « laboratores » de vivre décemment.

Au fait, les enfants soldats dans certains pays, que deviennent-ils quand ils ne combattent plus ?

Rêver c'est super ! Réaliser ses rêves, peu importe le chemin emprunté pour se les offrir, est-ce super ? L'interrogation demeure…

Le jeune lambda auquel les parents ont donné des valeurs d'honnêteté, de travail et de respect d'autrui, n'est jamais mis en tribune par nos médias ou autres, ces derniers préfèrent mettre la lumière sur ceux qui enfreignent les lois, les contournent, jouent avec….

Votre Préposé

L'accroc…

Être né avec un pète au casque, régulé dans ma plus tendre enfance par mes évasions champêtres, cheveux au vent, pendant que mes parents plantaient, sarclaient, bichonnaient leurs cultures maraîchères pour leurs ventes aux Halles de Paris, sans rien demander à personne, sinon d'observer folâtrer mon enthousiasme en toute innocence non loin d'eux. Quelques années plus tard, pour raison de subsistance, nous abandonnons notre adorable petite maison locative de Bouafles, charmant village de Seine-et-Oise, où poules, lapins, chien, en animent la cour, pour un trois-pièces au 1er étage d'un immeuble d'une cité aux Mureaux. Béton, béton, béton… Bénédiction d'un emploi chez Renault Flins pour la mère, à la chaîne en 3x8, et le père jardinier. Ils s'abandonnent dans l'espoir de nous apporter, à mes deux frères et à moi, un cadre plus approprié pour nous apporter les clés d'un futur bonifié.

Dans la cité, le football régule mes écarts, canalise mon énergie, remplace les grands espaces des champs poétiques de mes vagabondages d'antan. Il est ma thérapie, ce qui n'empêche nullement mes parents de me faire voir un psychiatre à Saint-Germain-en-Laye.
Depuis toujours, je suis un enfant incommode. Mes crises de nerfs journalières cohabitent avec mon manque d'attention, mon incapacité à me concentrer, à gérer mes impulsivités, et

bien entendu en conséquence un échec scolaire sans surprise. J'apprends, mais ne retiens rien.

Un beau jour, l'épée de Damoclès suspendue depuis 22 ans au-dessus de ma tête, choit…

1972, cité des Bougimonts bâtiment E n°20, mes parents effondrés, désemparés, mes frères et mes belles-sœurs abasourdis, désarmés, moi dans une autre sphère que terrestre, circonspects, tous nous écoutons assis autour de la table de la salle à manger en religion, les propos du docteur Tessandier, médecin de famille.
Son diagnostic tombe : « Alain fait une dépression, il faut l'amener immédiatement à Bêcheville. »

Voilà comment j'inaugure l'asile de fous des Mureaux, récemment en activité.
L'environnement n'est pas désagréable, certes, parc boisé de soixante-dix hectares, charmant et harmonieusement aménagé. Nous sommes une vingtaine, regroupés dans un seul pavillon, peu importe le degré de nos pathologies mentales.
Chacun, chacune, a sa chambre individuelle.
Les journées se déroulent avec un rituel de dépossession de soi, organisé autour d'une approche de thérapie de groupe, peu importe la folie dépressive de notre présence.
Bien évidemment nous sommes tous sous emprise médicamenteuse à des degrés divers.
La léthargie qui s'en dégage troque nos sens, nos pensées et apprivoise nos caractères. Nous ne sommes plus nous.

J'ai une grande crainte, une frousse incommensurable le jour de mon électroencéphalogramme, vous savez l'examen de vos neurones avec les bigoudis sur la tête. Pour cela, je vais à l'hôpital de Poissy accompagné par deux infirmières avec cette question qui me torture : « La schizophrénie me guette-t-elle ? »

Voilà presque 4 mois que je suis là, dans la mouvance médicamenteuse aux réunions encadrées, dans les repas partagés, encadrés également, dans les balades au parc – une seule visite extérieure, Martine et François (Peps), maire des Mureaux aujourd'hui – quand je décide de me rendre dans le bureau de la psychiatre qui m'assiste pour obtenir mon bon de sortie.
L'entretien prend à peine 10 min pour m'entendre dire « pas de souci, Alain, nous préparons vos papiers administratifs pour demain matin ». Ni joyeux ni triste, je capte l'information, point.
Parenthèse, aucune personne de la famille n'a l'autorisation de venir me faire causette.

Ce que je ne soupçonne nullement à ce moment-là, c'est tout le chemin que je vais devoir parcourir pour parvenir à la croisée de ma recherche de mon moi, et de ma coexistence avec autrui. Être libre de ses faits et gestes est incontestablement un contentement magnifique, je vous l'accorde, mais tout dépend de l'objectif à poursuivre.
Ce sillon à la recherche de ma quiétude, seul, me prend 3 ans physiquement et 10 ans mentalement.

Qu'il sera loin le tracé linéaire maternel imaginé de mon itinéraire de vie.

Me voilà en pâture avec des connaissances bien désertiques sur les maladies de l'esprit, au milieu de cette société exigeante, intraitable envers les errants quels qu'ils soient, avec la hantise de me retrouver de nouveau enfermé.

Je ne fuis rien, je n'esquive rien, je cherche simplement à comprendre, à me comprendre via une exploration sociétale et humaine très large. Il n'y a qu'à voir !

1974, le football en amateur me met le pied à l'étrier vers une ouverture sur l'extérieur. Trois ans en bord de mer, pas n'importe laquelle, la Méditerranée, hôtel de plage, night-club, plage privée, tennis, soleil, mistral… entourent mes pauses, mes réflexions, mes pensées, mes observations, ma remise en forme en raison de tout ce que mon corps a ingurgité de nocif…
Plus tard, un club du Val-d'Oise m'apporte une formation comptable sur le tas, en m'intégrant dans une PME d'imprimerie, en échange d'entraîner leur équipe. Un an plus tard, j'occupe la fonction de cadre administratif et financier.

Je profite d'un dépôt de bilan pour suivre une formation d'un an à l'IUT de Villetaneuse en gestion d'entreprise informatisée, niveau II.

Une opportunité s'ouvre, je postule, et me voilà embarqué dans le monde de la solidarité internationale au sein d'une

association que l'on baptise quelquefois de « vieille dame à dépoussiérer ». Avenue Georges V à Paris, son QG siégeait à cette époque-là au milieu des Champs Élysées.
Dans ce contexte, je participe pendant presque une décennie à des projets aussi disparates les uns que les autres en faveur de démunis, en tant que cadre administratif et financier, voire responsable des urgences internationales, me mouvant pour l'occasion sur plusieurs continents : Afrique, Amérique du Sud, Asie, Europe… Même la Sibérie. J'y foule la glace, vodka en présent.

J'embrasse également le plus vieux et le plus beau métier du monde, celui de « Père » au foyer. J'accompagne pendant 9 ans un « P'tit Drôle », mon « P'tit Drôle », amour pour toujours, peu importe… venant tout droit du delta du Mékong.
9 ans de pur bonheur, n'en déplaise… d'une richesse humaine incomparable, exceptionnelle. Je me revois dans les champs de tournesols en promenade, caché. Lolly la chienne et « P'tit Drôle » ne mettent pas longtemps à me « borner ».
Éveil, épanouissement, éducation, sociabilité, plaisir… sont mon quotidien dans un environnement à mourir de beauté, où verdure, vergers, biches, chevreuils, lac, vignobles, Mont-Blanc… se révèlent chaque jour en sagesse, comme si de rien n'était à mes yeux, à nos yeux. L'esprit d'enfance de retour, les cache-cache, mon insouciance du moment resteront à tout jamais dans mes souvenirs.

Je ne passe pas sous silence mes approches photographiques pour illustrer des articles d'un journal en ligne, d'une petite île méditerranéenne, ma seule aisance artistique !

Que retenir de tout cela ?

Cinquante années, c'est très, très long, mais elles passent très, très vite.
La recherche de mon moi, et de ma coexistence avec autrui a été bien au-delà de ce que j'envisageais. Je n'ai pas changé, sinon que je me suis ouvert un panel qui m'a fait échanger, penser, réfléchir, observer, argumenter, proposer, découvrir, analyser, réaliser…

Pour la santé de mon esprit, je vais faire très court : on ne guérit pas du cabotage de sa naissance, on l'adapte, on l'aménage, on l'assume, toujours tracassé de le dire, toujours tracassé qu'il réapparaisse. On fait deux fois plus attention à notre environnement pour que notre complication de vie ne nous revienne pas comme un boomerang en pleine figure.
Vous vous voyez, vous, lors d'un entretien d'embauche conter fleurette de votre passage chez les « fous » ?
Aurais-je eu le même itinéraire professionnel, et personnel ?
Ce n'est pas la honte de le dire.
Ce n'est pas la peur d'affronter le regard des autres.
C'est tout simplement l'exclusion sociale qui en découle.
Mon silence m'a préservé.

Au cours de ces 50 ans, j'ai eu le temps d'assimiler que se dévoiler ébranle, déstabilise, fragilise votre marge de manœuvre. Le moindre écart est une piqûre de rappel. Il rallume votre accroc de vie. À la moindre anicroche, vous êtes

classifié, pénalisé… Au moindre dérapage votre copie ressort ! Les maladies de l'esprit, parents pauvres de la médecine, dissimulent leur honte derrière des murs encore de nos jours. Nous sommes en 2024, notre société garante des droits de l'homme n'est toujours pas préparée culturellement, socialement, à passer outre, ou à lessiver certaines déchirures de vie.
Que peuvent penser les personnes incultes ou presque de ces endroits, sinon laisser libre cours à leur imaginaire ?
Aujourd'hui je ne me cache plus, je roule vers mes 77 ans sans honte de ce que je suis, et de qui je suis.

Ma plus grande découverte à la recherche de mon moi a été de prendre conscience que je comprenais, et que je pouvais entreprendre avec une certaine réussite. Je comprenais vraiment, pas à travers les livres, car ma mémoire me faisait défaut, mais quand je pratiquais, accompagné d'une part d'une main tendue, et d'autre part de mon bon sens très développé de l'entendement, toujours présent depuis ma naissance.
Chacun son mode de compréhension.
Mes activités professionnelles m'ont apporté confiance, espérance, sûreté, illusion même…
Ma vie personnelle et professionnelle m'a laissé observer toute l'ambiguïté de l'être humain… pas de chèque en blanc, une confidence.

De mon humble sentiment, l'être, peu importe son orientation, doit se réaliser avant tout, socialement, artistiquement, professionnellement…
Mon parcours de vie, qu'il soit personnel, professionnel,

récréatif ou familial influence mes considérations dans mes regards, c'est un fait, mais n'empêche, je souhaite ébruiter que :

« Tout être humain doit préserver son jardin clandestin au plus profond de lui. La société le lui impose indirectement par son comportement égoïste, ainsi que par sa rudesse de vie. »

Personne ne peut s'imaginer l'être que je suis devenu derrière cette image de bohème pas bourgeois, que je véhicule dans une apparence d'errance. En rien errant en marge de la société je ne suis, mais moi-même oui, je suis.
Cela me convient bien.
On me fiche la paix pendant ce temps.

Moralité de mon parcours :

« Ne faites confiance qu'à vous-même et encore ! Réfléchissez par vous-même, toujours une lumière quelque part perce. »
Le bonheur n'appartient à personne.

Votre Préposé

1989

L'Aventure c'est l'aventure…

L'inconnu, l'adrénaline de mes inspirations sociétales. Aussi, quand un ami me convie à participer à un vertige hors norme sans en préciser le contenu, je ne peux que sourire en réponse.
Voilà comment je me retrouve embarqué dans l'irrationnel absolu, moi adhérent de Pôle emploi en raison d'une promesse non tenue, néanmoins reprisée quelques mois plus tard.

L'appartement de mon ami Xav, et de sa compagne Véro, avenue du Général de Gaulle à Neuilly sur Seine, a été mon QG, notre QG pendant environ 6 mois.
Tous les matins j'y pointe ma binette, Compaq portable en bandoulière de plus de 10 kg, avec écran CTR de 9 pouces de diagonale, disquette 5,25.

Très, très vite, je suis mis au parfum. Ce n'est pas si bien dire. Mes yeux s'écarquillent au fur et à mesure du monologue de Xav. Il m'affranchit sur le fait que nous allons nous lancer dans la création d'un parfum pour le Moyen-Orient, avec comme effigie un sportif latino internationalement connu, et que mon principal challenge sera d'obtenir sa signature officielle pour qu'il devienne l'image exclusive de notre effervescence.

Il m'avise que nous serons 4 dans cette aventure. Une certaine Martine se joindra à nous, ancienne responsable du service export d'une société de parfums et cosmétiques ayant pignon sur rue planétairement.
Et vlan, prends ça dans les esgourdes, Alain.

C'est un travail à plein temps.
Xav en grand maître tient les baguettes.
Une étude a été réalisée par des étudiants d'une prestigieuse université française sur l'impact du sportif de renom véhiculé dans le monde.
Dossier ficelé, à savoir : budget prévisionnel sur 3 ans élaboré, campagne publicitaire imaginée, clientèle potentielle et étude de marché sur la distribution du produit pensées, senteurs à proposer à l'effigie échantillonnées, design et couleur du flacon conceptualisés, nom et présentation de notre société non officialisés à ce jour inspirés…
Incroyable potentiel, l'ami Xav, une réelle brillance.
Chapeaux et échancrés en toute élégance pour notre Véro créant l'ambiance, touche d'exotisme et de joie dont toute équipe a besoin pour se mouvoir en harmonie, tandis que Martine très réservée s'épanche peu, sinon dans son domaine

de compétence.

Ah ces intermèdes avenue Kléber chez Lamborghini, nous ne regardons pas les prix, pas notre souci à la vue des marges, mais hésitons avec Xav sur la couleur du bolide que nous ciblons. Rires.
Ah ce lunch de chômeurs, tout à crédit, emprunt à la sauvette chez le poissonnier du marché couvert, je m'en souviens encore, Véro, comme si c'était hier.

Tu concoctes un mets dont je garderai la saveur 30 ans plus tard, impossible pour moi, pour nous de résister à ton saumon au mélange d'épices, au parfum exotique, accompagné de bulles.

À moi de jouer maintenant.

Pendant ce temps, j'avance sur mon challenge, contact pris avec un footballeur du pays de notre égérie, l'un des premiers latinos venus s'expatrier en France, retourné vers ses pénates à sa retraite de joueur et entraîneur. Il fut mon entraîneur quelques mois, puis nous sommes restés en relation.

Chèque en bois à l'agence de voyages, valise de circonstance avec dossier latino « *inside* », me voilà, exempt de toute connaissance de la langue de Federico Garcia Lorca, assis en wagon SNCF direction Bruxelles chez un ami, mon avion décollant le lendemain de la capitale des moules-frites.

Aéroport, je me trouve à l'identique d'un repérage d'une production cinématographique aux décors naturels avec en main un script, où figure un seul mot : IMPROVISATION.

Effroi...
Je suis sagement dans la file d'attente pour effectuer mon enregistrement lorsque mon nom se propage bien distinctement dans l'espace. On m'invite poliment à me rendre immédiatement dans les bureaux de la compagnie aérienne que j'emprunte.
Aussitôt, mon esprit pirouette vers mon chèque dont la provision s'illusionne. Une bouffée de chaleur subite m'envahit, néanmoins je m'y rends la peur au ventre.
Ouf ! Pas de panique à bord, simplement, Xav m'envoie un fax pour compléter notre chimérique planification.

Wahou, l'arrivage sur le sol latino avec sa douane tout nouvellement sortie d'un régime dictatorial de plus de 30 ans...
J'ouvre grands mes yeux, entendu que mon ouïe ne pipe mot des doléances des agents de l'administration des douanes à mon encontre.
Par bonheur, mon contact m'a transmis le nom d'une hôtesse de l'air, « Grâce... » de son prénom, susceptible d'être l'une des membres de l'équipage.
Ce dernier se dirige vers la douane, c'est-à-dire vers moi.
Bloqué j'étais par les officiels !
Vitesse grand V, je sors mon petit papier, qui se trouve dans une de mes poches, avec le nom de l'hôtesse calligraphié dessus.
Parmi les membres de l'équipe, j'observe le sourire d'une hôtesse, m'en approche, tends mon papier avec égards. Elle le lit, me regarde avec un air étonné, puis grand sourire, m'offre

un bisou, tout en m'apostrophant d'un « Bienvenue à… » dans un parfait français. Grâce, c'est elle.
Ah, ce moment de solitude qui se mue en 1/10e de seconde en un nirvana intérieur indescriptible, qui m'éconduit directement dans ma capsule spatiale de la jubilation.
Fille d'un international de football, marraine de l'une des deux filles de Suzana et Carlos, mes contacts.
Elle me fait entrer sur ses terres sans aucune difficulté, puis téléphone à Carlos, papa de sa filleule, pour qu'il vienne me récupérer.

Un mois d'un tourbillon sans lendemain, mais d'une richesse humaine incroyable au sein d'une famille où la joie de vivre, le partage, l'amour règnent au rythme des filles. L'aîné, Michel, en évasion au Brésil, revient chaque semaine, surtout pour faire laver ses vêtements. Rires. Ce mois m'a fait prendre conscience du sens du cocon familial...
La grand-mère, pas d'EHPAD, une dépendance dans la maison où les filles, tous les matins avant de se rendre à l'école, lui apportent le bisou de la tendresse.

Un mois de rencontres, de meetings, de visites, de restos, de barbecues, femmes d'un côté, hommes de l'autre, tous un œil bienveillant sur les pitchounes. Bien entendu, le football se trouve au centre du tohu-bohu de la vie quotidienne de cette famille. Carlos est entraîneur d'une équipe de première division, mais c'est Suzana incognito qui est aux manettes. Chut. J'ai vu, et entendu.

Mes meetings avec interprète, en la circonstance, soit Suzana,

soit Mady, fille de Suzana et Carlos, pour sensibiliser la « star » à nous dispenser son « image », se déroulent loin des regards, chez lui, dans un complexe de fortunés au cadre hollywoodien, où maisons, golf, piscine, restaurant, sont sous bonne garde d'une milice en uniforme munie d'armes lourdes.
Un soir lors d'un dîner au resto, nous croisons des Français vainqueurs du jeu télévisé de TF1 « La Roue de la Fortune ». Le monde est vraiment petit…

Aujourd'hui, le grand jour,
9 h du matin, sous un énorme déluge, la Mercedes se gare devant la maison. Avec Suzana, pépin ouvert, nous nous précipitons vers la porte arrière de la berline que le chauffeur, protégé du déluge par son propre parapluie, nous ouvre tout en nous invitant à nous y engouffrer prestement.
Nous saluons notre « image », puis en route chez le notaire.
Une heure et demie plus tard, challenge accompli, je sors avec ma serviette, contrat dûment signé à l'intérieur.
Mes palpitations cardiaques s'affolent, mais je ne laisse rien paraître, sinon qu'intérieurement je prends conscience que j'ai gravi mon Graal dans une singularité incroyable. Je me suis laissé porter par mon bon sens, et ce brin de folie qui s'agrippe à moi depuis ma plus tendre enfance.
Mes inspirations souvent prédominent dans le bon sens de la vie sans que je puisse en connaître les sources d'influences.
Et pourquoi savoir !

La berline nous ramène. Avant les au revoir, la « star » me rappelle qu'il va s'occuper de mon siège retour dans l'aéroplane.

Retour en surclassé bien entendu, comment cela aurait-il pu en être autrement !

Suite à quoi, je passe un mois chez l'ami Jean Michel – on ne se voit plus, mais rien ne change dans l'esprit de mon amitié – dans son duplex sur le toit, quartier de Waterloo à Bruxelles où l'on dénombre de nombreux espaces verts, voire une forêt. Vraiment, Alain !

L'après est l'après, peu importe, cette expérience m'a apporté énormément, tant professionnellement via l'élaboration d'un dossier d'envergure internationale où Xav s'est avéré top, que personnellement pour ma confiance.
Je ne m'interdis rien maintenant… clin d'œil.

L'être humain peut faire les pires comme les plus belles choses du monde, il suffit d'oser, d'oser, d'oser.

Votre Préposé

Partage…

11 h, expresso et croissant posés sur un plateau pavoisent depuis une des tables de la terrasse de « La Panetière », avec comme fond de scène le « parvis de la Collégiale ».
Je prends position.
Sors de mon sac à dos « La Montagne », tout en portant mes yeux sur deux fourgons mortuaires couleur gris argent, profilés et allongés comme il se doit, en attente, à l'entrée de la Collégiale Saint Martin.

Il est loin, le corbillard noir d'autrefois, tracté par deux chevaux. Aujourd'hui, le confort est d'actualité, spacieux, lumineux, d'une propreté parfaite, pour ce dernier déplacement vers les portes du paradis de la sérénité.

Autour de moi, la jeunesse – filles et garçons – en cette fin de matinée ensoleillée, apporte une légèreté ambiante d'insouciance sous le signe, « qu'il fait bon vivre ».
Une chaotique de la vie traverse le parvis de la Collégiale, esquive les fourgons des pompes funèbres, sac à dos titanesque sur les épaules, aux couleurs épuisées par les intempéries, le soleil, le temps, flanquée de trois chiens en laisse.

La vie va ainsi, chacun son époque, son chemin, ses rêves, ses ravissements et ses tracas.

Mes yeux s'éternisent sur ce mortuaire évènement anonyme, où porteurs et employés des pompes funèbres aux vêtements classiques s'affairent– chemise blanche, cravate noire, costume gris foncé, socquettes et chaussures noires. Après avoir installé un autel de fortune à la sortie de l'église, recouvert d'un napperon noir, un employé y dépose un cahier et un stylo pour les condoléances.

Les paroles s'envolent, les écrits restent. Proverbe qui est la traduction intégrale d'un adage latin à savoir « verba volant, scripta manent ».

Alors qu'ils sont assis à l'ombre d'un platane, le bavardage des porteurs et chauffeurs funéraires ne s'ébruite aucunement quand, d'un même mouvement en harmonisation, ils se lèvent, puis se hâtent vers la porte d'entrée de la Collégiale, avant de se volatiliser à l'intérieur.
Quelques minutes plus tard, cercueil à l'épaule, ils déposent ce dernier dans l'un des deux vans, tandis que deux adorables révérencieux bouquets de fleurs finement arrangés aux couleurs accordées prennent place dans l'autre van.

Huit personnes exactement se retrouvent en trois petits groupes autour de l'autel improvisé sur le parvis, pour le dernier « au revoir » et les derniers mots à apposer sur le registre des condoléances.
Huit personnes dont l'une affiche une cravate noire sur chemise blanche, j'imagine par respect et esthétique pour la circonstance. Homme d'un âge certain, voire d'un certain âge, visage marqué par les ans, en tristesse, son regard s'éternisant sur les voitures funéraires jusqu'à l'esquive d'un virage...

Adieux !

Quelques papotages plus tard, le groupe se disperse, les uns par un signe de main, les autres par un bisou.

Cette personne comme tout un chacun a eu son histoire, son itinéraire, ses rires, ses pleurs, ses amours, ses rêves… Aujourd'hui elle part, elle part avec l'affection d'un explorateur sociétal mystérieux, inconnu, en terrasse de café, sa surprise du jour.

La vie passe vite, très très vite, bien placé pour en témoigner, aussi je souhaite à qui veut bien me lire : honorez-la en respect avec la clé de l'envie, de l'envie de la vivre avec force, demain sera un autre jour.

Ce départ en toute pudeur et discrétion me laisse contemplateur.

Je me dis « voilà comme j'aimerais mon dernier voyage », dans cette discrétion.

Votre Préposé

La « vache à lait »…

On laisse certains aînés sans soins,
On laisse certains aînés dans l'ignorance médicale,
En un mot, on laisse des aînés mourir à petit feu,
Comme nous mijotons du veau en cocotte, à l'italienne,
Pour réchauffer le cœur des invités.

Cet après-midi, j'ai été blackboulé au téléphone,
Comme une vieille chaussette trouée,
À la limite de l'obligeance fut la préposée au « bigophone »,
Avant d'achever son apostrophe par un :
« Cherchez un autre cabinet, celui-ci ferme en fin d'année ».

J'entends…
Je les entends se plaindre, par médias interposés,
Les communicants de certaines corporations,
À propos d'agressivité de quelques « clients » malcontents.

Néanmoins, jamais, je ne dis bien jamais je n'entends
Un « client » sur le comportement désobligeant sur son accueil

Dans certaines institutions,
Via une tribune dans un média,
Et pourtant !

J'entends bien que nous devons protéger :
Les enseignants,
Les pompiers,
Les médicaux,
Les forces de l'ordre,
Les agents SNCF…
Voire les agents du système judiciaire.
Vous savez, ces résidents de l'État dans l'État, au régime de retraite très spécial.

Je ne peux être qu'OK avec tout cela.

Mais la « vache à lait » de la Nation,
Qui la protège ?

Il y a quelques jours, j'ai reçu de Melbourne
Une vidéo de l'historien Pascal Blanchard,
Chercheur associé au CRHIM à l'UNIL de Lausanne.
Eh, où nous emmènes-tu, Alain ? Avec cet historien,
Illustre inconnu au bâtiment E n°20, je vous l'accorde !

« Toujours aussi tordu tes chemins sont, mais… »

Le décor d'une conférence est planté,
Dans une salle prestigieuse de l'Université de Paris-Panthéon Assas,

Devant une assistance comble, triée sur le volet,
En rien représentative de ma France, de ma Nation.

Pascal a raison quand il conte que l'immigration a une place invisible,
Dans les noms des rues, des espaces publics, des monuments, des lieux de vie publics…
Légitime cela serait.
Légitime également cela serait, la présence de quelques originaires de la « vache à lait »,
Les plus nombreux dans notre Nation, les plus courageux de notre France, les plus combattants de notre Nation…
Méritants ils le sont, au même titre que les élites autoproclamées, ou les élites autoproclamées issues de l'immigration.

La diversité de l'espace public dans ma France à moi,
Dans ma Nation à moi,
Ne doit en aucun cas oublier quiconque.

La France n'a-t-elle pas une très longue histoire avec son peuple ?

Votre Préposé

Las…

Ce matin je suis las,

Las de me lever,

Las de préparer mon p'tit dèj',

Las de me laver et de brosser mes quenottes,

Aussi, je m'éternise au lit, yeux grands ouverts à contempler mon rural plafonnement,

Sans penser, sinon à rien.

Oui, sans retenue, je m'accorde cette liberté.

Qu'elle est belle cette liberté qu'on s'accorde !

Personne ne vous l'accordera à votre place.

Votre Préposé

Leçon de vie...

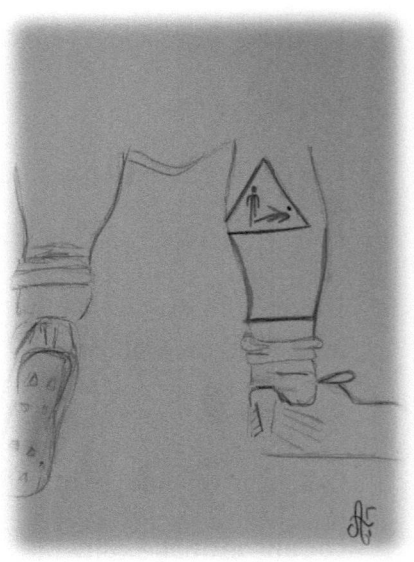

Le sport a une place fondamentale dans la société, en complémentarité avec l'action sociale et éducative. Un fervent je suis, quant à l'utilisation du sport comme vecteur pour l'intégration et l'insertion sociale, indéniablement source d'épanouissement et d'acceptation des différences. Le sport n'est pas seulement là pour faire miroiter les fortunes des stars, il peut également, malgré des particularités, vous faire sentir l'égal de l'autre.

Cinquante ans viennent de passer, et mon neurone conserve précieusement l'image d'un mec hors norme. Faute à pas de chance, sa naissance laisse paraître des malformations à ses mains et à ses pieds. Le handicap qui vous plombe la vie.

Pendant 3 ans, j'ai joué à ses côtés en ligue méditerranéenne de football (1974 -1977). Nous partagions nos matchs, nos entraînements, des festivités communes, moi en observateur silencieux, mais combien admiratif de son comportement qui passait fatalement par l'acceptation de soi. Quelle volonté, quel courage, quelle détermination l'habitaient, l'avaient habité ? Mon interrogation demeurait sans réponse.

Claude, tu avais dans ton quotidien des difficultés pour tout, ne serait-ce déjà pour des gestes tout simples de la vie, comme manger ou s'habiller. Je t'ai toujours vu sourire aux lèvres, complaisant, attentif et bienveillant avec tout le monde. Les joueurs et l'arbitre ne faisaient pas de différence sur le terrain, tu étais joueur comme nous tous, sans disparité. Certes, l'arbitre cherchait certaines fois à savoir qui imitait aussi bien le bruit de son sifflet, qui freinait l'adversaire balle au pied en position dangereuse pour notre défense. Cela nous faisait bien rire, Claude.
N'empêche, malgré cela, les filets des cages de la 2e division française ont été secoués 12 fois par tes pieds « cabossés ». Chapeau l'artiste.

Appartenir à un sport, à un club, peu importe le niveau, avec ou sans différence, dépasse grandement ce cadre. Une notion identitaire s'y ajoute. Cette identité, elle était présente chez Claude. Il suffisait de se balader avec lui dans les rues du village, mais également de la ville où il travaillait, pas un pas sans une salutation.

Chaque période difficile que je traverse depuis cette époque « transitoire », ton image en boomerang me revient. Elle me booste, tu ne peux t'imaginer à quel point. Tu es un exemple, l'ami Claude. Toujours dans les premiers pour une facétie, mais toujours le dernier à t'apitoyer. Incroyable.
Bien sûr, j'associe dans ton épanouissement, Martine ton

épouse.

Il y a un champion du monde 1998 dans ton village, l'ami, mais pour moi, il y a aussi un autre champion du monde dans ce village, titre que je te décerne : champion du monde d'une « Leçon de Vie ».
Fier d'avoir croisé ta route.

Grand merci, l'ami,

Bisous Martine,

La bise, Claude.

Votre Préposé

Mars 2006

« Ainsi jamais les êtres ne cesseront de naître les uns des autres, et la vie n'est la propriété de personne, mais l'usufruit de tous »

(Lucrèce, *De la nature Livre III*)

Le Père... bonjour,

Aujourd'hui... n'est pas un jour ordinaire... pour toi... comme pour moi...

Tu reposes là, près de nous, étendu sur l'échine, comme un banal estivant travaillant sa couleur à la chaleur du sable chaud, les paupières fermées, vêtu comme toujours de vêtements sans tâche, ni froissure.

Tu sembles apaisé, comme délivré d'une pesante mission.

Je t'observe.

Rien ne se manifeste. Rien ne transpire. Tes pensées, tes sentiments se scellent pour toujours au fond de ton toi. Je cherche sur ton visage, en vain, à entrevoir un trait révélateur. Rien.

Ton obscurité sensitive me sera éternellement occultée.

Dommage, le « Père », étant donné que la communication et le dialogue fondent la compréhension entre les êtres. La richesse humaine passe par la case dialogue et échange. Mon expérience, qu'elle soit personnelle, professionnelle, sociale ou familiale me l'a dévoilée, et me la dévoile perpétuellement.

Je ne te reproche rien, loin de moi. Nul n'a l'autorisation de juger. Chaque être est différent, que cela soit dans sa sensibilité, dans sa perception de faits, ou dans son approche à faire face aux évènements exposés.

Heureusement…

Je t'ai continuellement vu travailler, que cela soit dans les champs, à l'usine ou à la maison. Je n'oublie pas tes doubles journées pour raison financière.
Pour quelques francs, tu te levais très, très tôt le matin, 7 jours sur 7, sous n'importe quel temps, pour acheminer la presse locale et nationale vers le voisinage environnant des Mureaux, avant de prendre place dans un des nombreux bus stationnés sous le porche du bâtiment F, cité des Bougimonts, vers 6 h du matin. Bus qui t'emmenait pour la journée, certainement très somnolant, et pour cause, vers ta politesse à la société, à l'usine Renault de Flins.

Était-ce raisonnable ? Cette question, tu ne te la posais même pas.

Ce que je n'ai pas pu te dire, je l'exprime maintenant : je n'ai, nous n'avons, jamais manqué de rien matériellement à la maison.

Merci…

Michel et Daniel représentent tes fils exemplaires, bien établis dans la société.

Ils reflètent l'image d'une éducation aboutie. Oui, le « Père », tu as participé concrètement à cette éducation aboutie. Tu peux en être fier, entendu que ce n'est pas la moindre des prouesses que de mener à bien l'éducation de sa progéniture.
Comme je dis souvent : mes parents ont 66,66 % de bonne fortune avec leurs enfants. À l'époque où les sondages sont rois, n'est-ce pas une grande réussite ?

En ce qui me concerne, rien de particulier sinon les fortunes diverses de l'existence qui arrivent à tout un chacun. Je m'adonne avec une certaine persévérance à mettre en place, peut-être avec beaucoup de rêves et d'illusions, mon rôle, celui auquel tout citoyen du monde a droit, dans ce grand théâtre qu'est notre société.

Je sais, mon caractère d'écorché vif, mon comportement agité néanmoins sensible ne me facilite pas les sésames. Peu importe, je laisse le temps au temps même si ce dernier s'amenuise au fil des jours. Toutefois, le « Père », je crois impérativement que l'épanouissement de mon moi passe par tous ces chemins que j'emprunte, avec bien évidemment les joies et les turbulences qu'ils me réservent. Je suis inlassablement à la recherche de mon alchimie. Quand je la côtoie, une force intérieure que je ne peux pas t'expliquer me guide vers d'autres rêves…
Toutefois, depuis 4 ans, la magie de la vie a fait émerger de sa

coiffe un véritable petit amour d'ange. Depuis, j'expérimente avec ma compagne un volet de l'existence, dont j'ignorais l'alliage fondamental, alliage fondamental relatif au bien-être de notre tissu social.

Aujourd'hui, nous protégeons, nous accompagnons dans sa construction petit Adrien, de son nom de naissance Truong Thanh Truong, ton petit-fils, venu tout droit du pays des moussons.

Là encore, je n'ai pas pu faire comme tout le monde. Nous avons adopté avec Valérie, un petit bout de chou vraiment adorable. Le parcours a été ce qu'il a été à Saïgon, cependant, tendre la main à un « P'tit Drôle » qui n'avait rien demandé, surtout pas celui d'être dans un orphelinat, me laisse observer la difficulté d'une éducation paternelle.

Actuellement je teste mon aptitude à le guider quotidiennement dans son évolution, pas seul évidemment, avec Valérie, ce petit être qui n'a rien demandé d'autre que de s'épanouir dans la gaieté et l'amour de ses « parents ».

Je ne sais pas comment sera demain, toutefois, présentement, il me semble, il nous semble heureux comme peut l'être l'insouciant « Joyeux » dans le conte des 7 nains. C'est un vrai bonheur pour nous de le voir plein de vie, avec son esprit espiègle.

Quel chemin parcouru depuis son arrivée sur le sol lémanique ?

Comme tu vois, le Père, je ne déroge nullement à certaines valeurs que vous avez dispensées à la maison avec la « Mère ». Tu n'as pas à rougir de mon itinéraire. Il est tout à fait estimable, au même titre qu'un autre, ni plus, ni moins. Peu importe les chemins fréquentés, j'entretiens la pierre angulaire que vous m'avez transmise au cours de mon enfance, par exemple les valeurs de l'honnêteté et du travail.

Ma grande peine aujourd'hui, c'est de te voir t'éclipser vers d'autres épisodes de ton histoire, sans jamais avoir eu l'occasion de converser avec toi, ne serait-ce qu'une minute !

Tu pars, et je ne saurais jamais si tu as été heureux ou non. Peut-être l'as-tu été ?

Comment nous sommes-nous débrouillés pour ne pas avoir déniché cinq minutes pour nous asseoir, peu importe l'endroit, pour discuter en toute tranquillité de tout et de rien, en 57 ans ! Cela semble surréaliste, pourtant la réalité nous rattrape.

C'est au moment de l'enregistrement de l'expédition vers la planète « éternelle » d'un être considéré que nous découvrons la « courteste » d'une vie.

Dans la prochaine, nous prendrons ce temps. C'est promis…

Je t'embrasse très très affectueusement

Agréable voyage…

Au revoir, le Père

Ton fils Alain à tout jamais

P.S. Adrien, ton petit fils, prendra connaissance de ces quelques lignes… Plus tard…

Votre Préposé

Méditation

À 20 ans, je m'émerveillais du lendemain en toute innocence.
Les portes « grandes » ouvertes, elles étaient toutes aussi avenantes les unes que les autres, aux ornements des plus désirables, des plus envoûtants, voire des plus ensorcelants.
Ces ornements ont éveillé mes sensibilités inconsciemment ou consciemment, c'est selon.
Complexe, l'orientation a été, car les tentations alléchantes étaient toutes mélodieuses à s'y méprendre.

Le monde, lui, m'a exposé ses convoitises en toute malice.

50 ans se sont écoulés.
À la différence du berger Santiago, héros de Paulo Coelho dans *L'Alchimiste*, je me cultive non par la lecture, mais par mes expériences personnelles.
Chacun sa manière d'apprentissage, mes curiosités ont initié des rencontres, des découvertes.
Je me suis même lancé des challenges à accomplir, pour la plupart surmontés.
L'être peut beaucoup, je confirme.

Aujourd'hui à 76 ans, ma soif d'acquérir, ma soif d'apprendre, ma soif de comprendre caressent toujours mon brin de folie du fil de ma vie.

Certes, l'Everest c'est non,
Marlène Jobert à 20 ans, cela fut non,
Me rendre sur la Lune, c'est non.

Pour Germaine, 80 ans, c'est moi qui dis non aujourd'hui !

Alors, allez-vous me dire !

La folie je connais.
La folie douce de l'inconnu du lendemain, je sais qu'elle
embellira mon présent, et futur proche.
Aussi Alain, prolonge ta destinée pour ses surprises
insoupçonnées,
Demain, et après-demain seront des autres jours.

Trop belle la vie… Ne t'en prive aucunement !
Imprime-la en continuité…
On ne va pas contre sa destinée,
On va à sa rencontre.

Votre Préposé

« Mémoriste »

Je devais y arriver à ce petit clin d'œil sur mes « Mémoristes », moi l'antipode du genre.

J'ai attendu ma trentaine pour comprendre que je comprendrai en œuvrant.
Ma mémoire des noms, des citations et proverbes… me fait défaut depuis toujours, ma compréhension via une pédagogie active la compense, *learning by doing.*
Chacun ses chemins de vie, le mien a été très long pour prendre conscience que je pouvais recevoir des enseignements, et des connaissances par différents truchements que la société m'offrait.

Deux écoles de la vie se révèlent entre autres, celle de mes « Mémoristes », et la mienne, deux écoles parallèles qui devraient s'unir, mais comment se confondre sur deux routes sans rond-point ?
D'un côté, les cerveaux qui impriment sans connaître la teneur du labeur, mais en parlent en charmeurs, de l'autre, les cerveaux qui connaissent la teneur du labeur en parlent avec fierté et pudeur.

J'ai passé des décennies à les observer, mes « Mémoristes », de l'intérieur, de l'extérieur. J'ai échangé, j'ai écouté, j'ai noté, j'ai même analysé.

Eh oui, j'ai pu, car tout s'analyse, peu importe la personne que vous êtes.

Par exemple, un coup de pied aux fesses s'analyse comme un lancement de la sonde Juice depuis la base de Kourou vers les lunes de Jupiter.

Chacun son objectif « Lune ».

Grâce à cet itinéraire sociétal exploratif d'une vie, de ma vie, j'en ai croisé, certains de mes « Mémoristes », astrophysicien, énarques, polytechniciens, grand maître échiquéen, femme devenue Présidente d'un parlement, pédiatre et écrivain renommé, comte, ami passé par une grande école française, confirmé comme il se doit par papier obtenu à New York d'une grande université, même un addictologue de « sang bleu, mais royal svp ».

J'ai eu l'opportunité de partager un bureau avec l'un d'eux, dans la prestigieuse avenue George-V de Paris, dans un hôtel particulier, très proche du fameux hôtel du même nom, mais aussi du Crazy Horse, et de ses titillieurs.

Certains m'ont séduit par leur humanité, mais également par le pouvoir de leur simplicité, tandis que d'autres empuantissaient avec leurs attitudes arrogantes, mais aussi, surtout un, par ses mots écrémés d'une violence diabolique qu'il diffusait en public à l'encontre de subalternes pétrifiés.

Il y avait aussi ceux que j'adorais. Je prenais grand plaisir quand ils s'exprimaient en glissant des citations toutes les deux phrases pour paonner leur mémoire.

Peu importe dans quelle case je les consigne, ils ne demeurent à mon égard que des êtres humains avant tout.

Nos égaux, je dis bien nos égaux.
Nous avons besoin d'eux, eux ont besoin de nous, une certitude.

De ce que j'ai pu constater au cours de mes longues années à les considérer, c'est qu'ils n'ont pas plus d'idées, de créativité ou d'imagination que vous, que moi, sinon pour leurs propres egos et intérêts personnels. Ce ne sont que des êtres humains ! Quelques-uns sont tellement imbus de leur personne qu'ils s'autoproclament « élite ».

J'aimerais leur dire ici qu'un diplôme n'est pas forcément associé à compétence, associé à management, associé à expérience, mais peut être associé à une caisse de retraite spéciale, et quelques autres privilèges. Cela se peut, mais attention Messieurs, l'IA s'affine de plus en plus, et l'IA nivelle.
Bientôt, si ce n'est pas déjà le cas, dans de nombreux domaines il suffit, ou il suffira de faire absorber à un robot des données pour que les fameuses analyses vous arrivent directement avec histogrammes colorés dans un dossier, sur votre propre smartphone deux minutes plus tard, « Mémoriste » ou pas (pas pour moi, smartphone, je n'en ai point).

Où est-il le temps du monopole de la connaissance !
Aujourd'hui, Google, ou autres réseaux, nous informent bien ou mal, je vous l'accorde, en deux clics.

Heureusement, nous sommes encore maîtres de nos émotions, de nos sentiments, et de nos ressentis.
L'IA n'arrive pas encore aujourd'hui à nous remplacer.

Demain sera un autre jour !

                                              Votre Préposé

Mon beau pays

Mon beau pays que le monde entier foule,
À pied, à vélo ou à cheval selon les sensibilités de la houle,
Expose montagnes, mers, plateaux, plaines et fleuves,
Aux couleurs inspirées au gré des saisons pour preuve,
Vous attend en beauté,
Et en amabilité.

Votre Préposé

Motivation

Tendre la main à un enfant est motivé par le désir fort de l'accueillir.

En aucun cas cela ne doit être une thérapie, voire un médicament homéopathique pour se construire.

Seule l'éducation du « boutchou » lui apportera des « outils » pour s'épanouir,
Dans ce monde qui marche sur une tête à guérir.

Un jour, il prendra la poudre d'escampette en égoïste, sans tressaillir,

Puis volera de ses propres ailes pour agir.

Un enfant devenu adulte n'appartient qu'à lui-même pour s'affranchir.

Votre Préposé

La routine

Que signifie construire un projet de vie sur une planète où la plupart des êtres ne domptent pas leur demain ?

Il y a des personnes qui dès l'âge de 15 ans se tracent un fil conducteur que rien, je dis bien, rien, ne peut parasiter. Oui, j'ai cet exemple dans mon neurone fringant (eh eh, il m'en reste un), chapeau bas l'ami « Peps », pour ta construction de vie.

Cependant, il y a les autres dont je fais partie, plus nombreux, qui, soit par un mal être, soit par des circonstances impromptues, ou des opportunités d'un instant, s'aiguillent vers des chemins plus sinueux, pour s'épanouir et trouver satisfaction.

Bien entendu, je ne passe pas sous silence les sentiments passionnés et incontrôlables envers son romantisme, qui peuvent en rupture déposséder l'être de son sens de la lucidité.

Nous avons tous un destin, un jour pesé avec discernement et sagesse nous le maîtrisons, un autre jour en dépendance d'une fatalité maléfique nous perdons pied à la vue de cette vague de plusieurs mètres qui pointe à une vitesse vertigineuse face à nous.

À 24 ans, direction la Côte d'Azur où j'enfile très vite le vestimentaire d'explorateur sociétal, avec une détermination sans faille vers l'inconnu du lendemain, au point de ne plus le quitter. Je passe d'une soirée d'hiver de drôlerie pagnolesque au coin d'un feu à un bar de village de bord de mer, en compagnie entre autres d'un futur membre du casse du siècle – la banque de France à Toulon – à trinquer amicalement d'une coupe de champagne dans une chambre d'hôtel d'un pays d'Afrique francophone en situation conflictuelle, avec une princesse, mannequin de profession, engagée depuis de nombreuses années dans des causes de solidarité.

Je n'ai pas voulu faire de ma vie une vie d'errance, tant s'en faut. Dans un premier temps, j'ai souhaité tout simplement comprendre qui j'étais, avant de me lancer dans le décryptage composite de la société dans laquelle j'évoluais. J'évolue.

50 ans plus tard, mon inconscient sans que je lui demande me rappelle de temps à autre que j'aurais pu emprunter un fil conducteur tout autre, par exemple routinier, sans que pour autant il soit dommageable à mon équilibre individualiste et collectif.
Pas pour moi de me laisser aspirer par un quotidien sécuritaire plus que confortable, sans autre intérêt que celui d'aller prendre mon café au bistrot du coin, d'y capter quelques potins de quartier qui nourriront mes caquetages de la journée.
Potins qui muent chaque jour.

Moi, j'ai voulu asseoir les trois socles sociétaux, le professionnel, le familial et le personnel, mais auparavant, j'ai désiré comprendre, comprendre le fonctionnement de la société que les bonimenteurs me suggéraient, sans me limiter dans le panel de mes appétences.

Suis-je plus avancé aujourd'hui ?

Je n'ai pas la réponse, sinon celle de dire que la vie passe très, très vite et, que ce que l'on peut faire à 20 ans, on ne le fait pas à 30, ni à 40 ans…
La connaissance, certes, s'acquiert par l'expérience, mais ne passez pas votre vie à essayer de la dompter.
Il faut la vivre.

On n'est pas obligé de tout piger pour vivre, et quand on pige, ce n'est qu'un ressenti de soi-même, à un moment donné.

Votre Préposé

Quel beau métier !

Hommage à celles et à ceux qui un jour ont torché,
Langé, débarbouillé, baigné, nourri, accompagné, surveillé, dorloté, conté…
Nuits et jours,
Avec amour,
Et don de soi,
Des « P'tits Drôles » aux frimousses à croquer,
Au cours de leur cruciale petite, et jeune enfance.

Hommage à celles et ceux qui un jour leur ont transmis
La magie de certains mots simples,
Comme « bonjour », «au revoir »,
«merci», « s'il vous plait »,
Sésame d'un savoir-vivre à jamais acquis.

Hommage à celles et à ceux qui un jour ont assis leurs curiosités,
Les ont accompagnés dans leurs premiers pas, dans leurs premiers apprentissages, dans leurs premiers sourires, dans leurs premiers pleurs.

Moralité,

Hommage à toutes celles et tous ceux qui un jour ont aidé des « P'tits Drôles » à s'épanouir en toute sécurité, affectivement, socialement, physiquement, psychologiquement… entendu qu'investir dans la petite enfance n'est que l'assise d'une projection en responsabilité de nos dirigeants. L'avenir se joue dès la petite enfance, années où le développement neuronal est le plus prolifique.

Demain cette petite enfance sera aux manettes.

Votre Préposé

Rien ne change

Un jour je nais par l'âme du Saint-Esprit,

Un jour je meurs en raison du temps qui passe,

Entre, je me démerde depuis des décennies à me mouvoir dans notre structure sociale pour y trouver ma place avec en toile de fond comme finalité : me nourrir, me vêtir, dormir sous un toit et profiter de l'environnement compatible avec mon bien-être.

Ainsi va ma vie.

Dès ma plus tendre enfance, j'accommode mes aptitudes et mes travers pour me frayer le chemin vers mes besoins essentiels souvent à l'aide de mes coudes.

J'apprends à travers mes expériences sociétales que je ne dois pas me battre contre le système, mais apprendre à m'en nourrir. Une philosophie de vie, ma philosophie de vie.

J'ai connu ce fameux soir de mai 1981 à Paris, où l'euphorie citoyenne régnait dans les rues de la capitale en rêve de changement avec l'élection de monsieur François Mitterrand comme Président. Ah, quelle belle désillusion, où en sont les promesses électorales annoncées comme le progrès social, ou l'équilibre des ressources 40 ans plus tard !

Aujourd'hui, je m'interroge sur le sens de notre démocratie telle qu'elle est quand les résultats de l'élection présidentielle montrent que les élus représentent une « minorité majoritaire » des citoyens en âge de voter. Une réalité, les statistiques le disent.

J'ai fait beaucoup pour mon insertion socio-économique, j'ai même fait illusion, je pense, à certains moments, mais on m'en demandait toujours plus, aussi je me suis perdu dans mes pensées et mes réflexions à en oublier de fonder une famille.

J'écoutais, je n'écoute plus la communication, je la lisais, je ne la lis plus, je ne suis pas un pion ou un numéro « gobeur » de tromperie. Aujourd'hui, on nous parle de travail essentiel, sous-entendant que les autres corporations sont négligeables, mais dans quel siècle vivons-nous ! La presse décide par subventions affiliées de publier ou pas des informations – gardons les secrets – vive la liberté de la communication aux ordres.

Deux mots sur les lieux de pouvoir et d'influence inaccessibles aux lambdas, où politiciens, journalistes, patrons, hommes de loi… marchandent nos lendemains avant d'aller s'affronter dans des débats tronqués publiquement – Le Siècle, Interallié, le groupe Bilderberg, club des Cent… Qui gouverne réellement ?

Trouver sa place dans une telle société est certainement le plus gros challenge que l'être doit affronter dans son chemin de vie. Le mien, je m'y colle un jour avec attention, un autre jour gauchement, toutefois cahin-caha je ne le trace en rien linéaire. Des hauts et des bas y figurent, certains de mon fait, d'autres dus aux circonstances du moment. J'assume cet itinéraire de pleurs et de rires, pas mal de rires surtout, j'avoue. En observant mon rétroviseur, j'ai de la fierté pour quelques périodes, dont une « humaine » au-dessus de tout soupçon.

À l'époque médiévale nous avions les oratores : le clergé ; les bellatores ; les nobles et les laboratores, les paysans – aujourd'hui, nous avons la classe privilégiée et la bourgeoisie, la classe moyenne et ouvrière et la classe défavorisée. Rien ne change sur le fond, peu importent l'époque et nos gouvernants successifs, hormis que ceux qui s'enrichissent demeurent les mêmes, et que le fossé se creuse naturellement entre les classes, peu importe ce que l'on nous conte.

Les urnes ne changent rien, la démocratie est un artifice de nos autoproclamées « élites », la révolution est une idéologie de quelques hommes aux résultats figés dans des ouvrages poussiéreux, aussi mes pensées se penchent vers le « tout peut arriver » voire "la nature peut reprendre tous ses droits" – merci Sabine pour la nature.

Votre Préposé

Se prendre en main

« Appréhender son corps vieillissant, c'est accepter les cycles de la vie ».

Les années défilent. Elles défilent vite, voire très très vite, je ne me le suis jamais imaginé à ce point. Heureusement, la date de mon anniversaire me les rappelle, me le rappelle chaque année. J'espère qu'elle le formulera encore quelquefois via son bon souvenir. Ce jour-là, l'adverbe « déjà » me revient toujours à l'esprit. Comme les impôts, mon chiffre des ans s'accroît à un rythme régulier en toute discrétion. « L'âge de mes artères » me rancarde sur ma santé également.

Bâton de pèlerin en main, chacun mène son bout de chemin comme il veut, souvent comme il peut. En raison d'aléas de la vie, j'échange par opportunité un projet de vie sur fond familial par une exploration sociétale sans boussole. Cette bascule d'aiguillage, certes, me fait grandir voire fleurir, je ne peux me le cacher, mais elle est très éloignée de mes rêves d'antan. Quelques recyclages la composent, deux ou trois, je ne sais plus !

Cela est dit, à bon entendeur.

Quelle prouesse de nos jours de vieillir avec son amour de jeunesse, entendu qu'un itinéraire de vie est loin d'être un long fleuve tranquille. Des embûches, il n'en manque pas dans ce monde moderne. Elles sont diverses : la jalousie, les tentations, l'infidélité, la routine, l'ennui, les maladies, sans omettre la fanaison de nos corps. Comment mieux accepter un corps avec ses rides, ses vergetures, sinon avec celui avec lequel vous avez partagé sa transformation au fil des ans !

Nous vivons dans un monde d'apparences, et dans ce monde d'apparences, nos rides, nos embonpoints, nos cheveux blancs, nos courbatures, etc. confessent le parcours de vie de tout un chacun. Nous devons l'assumer, mais pas seulement, l'accepter également. Nous ne pouvons changer nos itinéraires, choisis ou pas.

Aujourd'hui, globalement, je n'ai rien changé à mon mode de vie, mes passions demeurent, mon exploration sociétale me nourrit. J'entretiens mon corps essentiellement pour ma santé. Depuis très longtemps j'ai compris qu'elle était, qu'elle est ma principale richesse. Mon équilibre passe par cette case indispensable pour me renouveler, m'adapter, me booster, en un mot poursuivre ma dernière ligne droite avec quelques évasions singulières. Ma pensée épineuse, je ne peux la changer, aussi, depuis très longtemps, trop longtemps, j'ai appris à romancer avec.

Chaque jour qui passe est un jour bonus.
J'essaie de l'apprécier à sa juste couleur.

Votre Préposé

« Repeuplons la France rurale » !

En ce vendredi matin pluvieux, il est toujours là derrière son guichet, une vitre nous séparant, comme l'année précédente, l'agent SNCF de 61 ans, qui, selon ses dires, attend sa retraite.

Bien évidemment, j'ai observé immédiatement la nouveauté du lieu qui ne pouvait m'échapper, je parle de cette splendide porte automatique qui s'est ouverte à ma seule présence devant le détecteur humain.
Je n'ai pas pu être surpris plus que cela de cette modernité à la vue des 15 milliards de subventions que notre chemin de fer perçoit chaque année.
Cette gare n'a aucune activité ferroviaire sinon celle de contempler les rails se gâter avec le temps, et la mauvaise herbe de s'incruster sur la voie avant de s'y sédentariser.

L'année passée, j'avais obtenu au guichet un billet de cet agent, pour la navette du mini bus entre sa gare et celle en activité la plus proche, distante de 19 km.

Cette année, changement complet d'articulation.
Après avoir commandé mon billet pour le bus, je me suis laissé dire que j'aurais dû m'y prendre la veille via une application depuis mon smartphone.
« Je n'ai pas de smartphone ! » lui ai-je dit
Sa réponse s'est pas fait attendre : « arrêtez de voyager, Monsieur ».
Je l'ai regardé, silencieux, surpris par cet aplomb, moi dont une des raisons de vivre est de bouger.

Je viens de satisfaire mon péché mignon d'un voyage exotique de deux mois.

Heureusement, une amie après un petit-déj' très sympa, dans le salon de thé du coin, m'a covoituré à la gare en activité.
J'y appris par l'assermenter de la SNCF du lieu que les deux TER prévus du matin avaient été annulés, et que la prochaine connexion vers la ville où je me rendais serait en bus, avec un départ à 13 h 09.
Je n'ai pu prendre mon billet, entendu que le protocole spécifiait que je devais me présenter au guichet 10 min avant le départ du bus.
Protocole oblige, j'ai obtempéré en citoyen « discipliné ».
Une fois assis derrière la chauffeuse, j'ai acté via mon oreille tendue que, pour prendre un billet, nous devions nous en acquitter via une application à partir de notre smartphone, entendu qu'elle ne prenait aucune liquidité.

Constat :

Pour 29 km de distance, levé 7 h 30, arrivée à destination 14 h 10, ainsi va la réalité de notre France rurale, où sans smartphone et covoiturage nous ne pouvons bouger oreille.
Toutefois, j'ai pu contempler comment tromper son ennui sans locomotive ni « passager », pour compléter les trimestres exigés pour percevoir une retraite à taux plein.

Votre Préposé

Vie/Fiction... Fiction/Vie

Qu'est-ce que la vie !
Qu'est-ce que la fiction !

Si opposées, et si proches l'une de l'autre.
L'une demeure du potentiel irréel,
L'autre est régie par des règles destinées à une équité rocambolesque.

J'adore mes solitudes, vent de face, cheveux ébouriffés,
Crachin vaporisant mes joues,
Sans amidon, en pureté,
À l'envers surtout mon esprit,
Pour son libre cours, sans risque de salissure.

Je m'invente un monde,
Un monde fabuleux, à chaque pause.
Je m'invente des personnages,
Qu'ils sont beaux, qu'ils sont généreux, qu'ils sont attentionnés.
Je m'invente un environnement,
Où « marquise nature » excelle, au rythme d'Antonio.

Puis d'invétérées polissonnes me susurrent
« On ne peut pas avoir été, et être ».
Si vrai ce dicton, surtout dans cette sphère espiègle.

Je suis bien,
Bien est le bon mot,

La bonne épithète,
Bien n'a pas de prétention.

Il me représente… Bien.

                                                        Votre Préposé

« Aucun Vietcong ne m'a jamais traité de nègre » Mohamed Ali

Tuerie par idéologies et egos

L'écriture est comme la photographie, un art qui s'exprime silencieusement, toutefois cette dernière en réalité laisse moins de doute.

Voilà trois jours que je regarde sur la chaîne Arte une série de documentaires sur la guerre du Vietnam (1955-1975), environ 9 h de retransmission sur cette immense et obscure tragédie. Jamais, jamais je ne me suis senti aussi mal lors d'une diffusion d'un documentaire. Les images transmises ne relatent que des atrocités de part et d'autre. La plus saisissante d'entre elles, indéniablement, est cette photo de Kim Phuc, la survivante du napalm. L'armée américaine a osé utiliser des armes chimiques comme le napalm et le défoliant orange ; wahou, incroyable d'imaginer l'humain arrivant à ordonner de telles monstruosités. L'un brûle la population et les habitations,

l'autre la végétation.
La totale.
Certains parents victimes de l'agent orange donnent naissance à des enfants avec de lourds handicaps. Que dire de plus sur cette abomination inhumaine ! Rien, je suis scotché, démuni de force pour écrire quoi que ce soit de plus.

Un peu de temps pour poursuivre, le temps de reprendre mes esprits.

Les soldats américains détruisent entièrement des villages, massacrent femmes, enfants et vieillards sans état d'âme, s'adonnant à un véritable carnage. Dans quel état psychique un soldat doit être pour accepter des ordres d'une telle inhumanité, le transformant en animal sauvage incontrôlable, tout cela pour une guerre d'idéologie avec en toile de fond justice et égalité. Au fil du temps elle devient une guerre d'egos laissant entendre dans les rangs américains par de hauts gradés « on peut la gagner », gommant d'un revers de main un brin d'humanité.

Pas au bout de mes surprises, néanmoins en rien étonné, quand un documentaire conte que la jeunesse des élites, nantis et privilégiés auraient bénéficié de certaines prérogatives pour se soustraire d'aller au front, laissant place à la classe défavorisée noire et blanche. J'entends que Richard Nixon tronquait les informations, faisant croire à la population américaine des victoires fictives contre certaines provinces du Vietnam, comme le maire de Paris avec ses emplois. Il a menti également sur les combats au Laos et au Cambodge. Rattrapé par le scandale politique du Watergate (1972-1974), il a démissionné simplement, sans sentences le menant à la case prison pour crime de guerre.

Le fonctionnement de la politique à ciel ouvert de la première puissance économique et militaire mondiale éclate au grand jour, mettant en veilleuse les prémices d'un bilan cataclysmique de cette guerre illégitime. Elle se prolonge en guerre civile entre le Nord et le Sud pour raison de réunification lorsque les Américains plantent le Vietnam du Sud et se sauvent chez eux. Le Nord Vietnam triomphant met en place des camps de rééducation et des structures d'endoctrinement.

La légende sportive Mohamed Ali, 25 ans à l'époque, refuse son incorporation pour la guerre au Vietnam avec cette phrase lourde de sens « aucun Vietcong ne m'a jamais traité de nègre ». Condamné à 5 ans de prison, il en est épargné pour qu'il ne soit pas un martyr. Privé de licence de boxeur, démuni, il remonte sur un ring 4 ans plus tard. En 1968, le monde est traversé de mouvements étudiants, pour faire stopper cette apocalyptique guerre illogique de dirigeants égocentriques voulant régner sur la planète. En France, Dany et consorts, à leur niveau, font leur brouhaha avec des pavés parisiens pour une idéologie : « liberté, tout permis ».

Bilan : plus de 58 000 morts d'un côté et de l'autre plus de 2 millions, ajoutons à cette atrocité comptable 4 étudiants décédés lors d'une manifestation dans une université américaine contre la guerre du Vietnam. Je ne parle pas du nombre de blessés, d'un pays à reconstruire, des dégâts collatéraux psychiques de la population et des soldats en vie détruits dans leurs têtes.

Les raisons pour lesquelles les États-Unis sont rentrés en « sauvagerie » restent controversées, cependant peu importe les raisons, rien ne justifie un tel sacrifice humain, une telle obstination à faire capituler l'autre, malgré 6 administrations différentes au cours de la guerre. L'escalade sans cesse, dans la déraison de l'homme, à ne pas perdre la face.

Je ne suis pas docteur, loin de là, aussi je vais m'abstenir d'utiliser certains qualificatifs concernant toutes les personnes composant les administrations successives américaines aux baguettes, au cours de ces vingt ans de boucherie. Aucun, aucun n'a eu une lueur d'humanité pour dire stop à la tuerie. Tuerie qui n'a servi à rien. La complexité de l'homme aux facettes controversées s'est dévoilée dans toute sa splendeur, dans cette tragédie où le soldat n'a été qu'un morceau de viande à munitions pour les désidératas de quelques amoraux pénétrés.

Ce reportage, certes m'a donné des nausées, mis mal à l'aise par les monstruosités commises, mais pas que, il m'a laissé interrogatif et angoissé à propos du comportement des leaders politiques de la première puissance mondiale, capables d'enjôler, d'abuser, voire maquiller des vérités à sa propre population.

Cette jeunesse sacrifiée savait-elle la raison de son départ au Vietnam ?

Comment, après de tels images et commentaires, mes pensées ne pourraient-elles se transposer politiquement sur ce qui m'entoure directement aujourd'hui ?

Votre Préposé

Vote

Pourquoi voter ?

J'ai du mal avec la démocratie de mon beau pays aux paysages sans égal.
Depuis plus de 50 ans, et cela se poursuit aujourd'hui, surtout quand je relis pour la énième fois sa définition – « système politique dans lequel la souveraineté est attribuée aux citoyens »–, mes discernements de cette belle définition se gâtent au fil des ans, à en perdre le sens, et mon neurone son latin.

Je ne vais pas rédactionner 100 pages sur le sujet, je n'en ai pas l'habitude, mais de toute façon j'en suis incapable, de plus, partout où je suis passé professionnellement parlant, on m'a rabâché de synthétiser, voire de synthétiser la synthèse pour suggérer.

Je revois les flyers vantant avec enthousiasme les raisons d'aller voter au moment des élections présidentielles :

- Voter permet de préserver la démocratie
- Voter permet de participer à la vie démocratique
- Voter permet de s'exprimer par l'intermédiaire de personnes élues

Je votais, je votais pour un programme, pas pour une personne à qui j'allais donner un chèque en blanc pour me représenter, ou lui procurer un emploi.

Depuis des décennies, sans concertation avec les citoyens, notre système politique fait que les élus peuvent décider de tricoter, ou détricoter la feuille de route pour laquelle ils ont été mis en place, comme bon leur semble.
C'est là pour moi que le bas s'effiloche.

Dans notre démocratie il y a des états dans l'État, mais également des élus qui peuvent dépenser sans compter, mais aussi qui peuvent impliquer notre belle France dans des conflits armés, d'autres de nous promettre l'improbable par médias interposés, tout cela sans consulter le moindre citoyen… la liste est légion, aussi je stoppe là…

Le citoyen a perdu sa souveraineté, souveraineté propre à la démocratie.
La France a perdu sa souveraineté également en 1992, pour la laisser à des technocrates sans qu'ils consultent le moindre citoyen.

En conclusion, je suggère soit de :

Changer la définition de la démocratie !
Ou,
Changer les termes de la définition !
Ou,

Redonner la souveraineté aux citoyens.

Votre Préposé

Écrire…

Écrire c'est communiquer,
Écrire n'est pas réservé qu'aux écrivains, aux élites,
Écrire c'est formuler une pensée, une analyse,
Écrire c'est agir,
Écrire c'est dire que l'on est en vie,
Écrire c'est se retrouver seul avec ses maux, ses évasions, ses colères, ses doutes, ses joies, ses peines, pour les poser en maladresse ou pas, sur une feuille blanche,
Écrire c'est figer un instant, ou pas,
Écrire c'est oser affronter le vide,
Écrire c'est s'exposer...

Les écrits s'archivent, les paroles selon Monsieur « Le Vent » caressent l'éclipse à tout jamais.

Votre Préposé

Remerciements

Anne France, merci, merci, merci… pour tes illustrations d'excellente qualité qui teintent mon recueil d'une touche, de ta touche artistique gaie et enjouée qui te ressemble si bien. Chapeau l'artiste…

Françoise, merci, merci, merci… pour ton accompagnement et tes encouragements dans ma souffrance « rédactionnelle » dont je t'impose les composés depuis tant d'années, malgré le peu de temps que tu as, toi femme cultivée en activité, mais également femme d'intérieur aux valeurs d'une époque révolue à tout jamais. Un JBC est à considérer Françoise un de ces jours !

Jean, merci, merci, merci… pour ton réconfort dans mon exercice d'errement sur ma feuille blanche et tes contacts – rédactrice/relectrice/éditorialiste – toi l'homme du bout du monde où aborigènes, démunis, miniers à ciel ouvert, tout en construisant familles, n'ont pas de secret… à bientôt sur Skype, l'ami.

Sabine, merci, merci, merci… pour tes lectures et tes commentaires éclairés sur mes clins d'œil sociétaux qui ont apporté main forte à mes insuffisances narratives. Chapeau ma courageuse voisine pour qui les chemins de Corrèze n'ont aucun secret à nos pieds.

Votre Préposé : **alain.salvary@gmail.com**